D D D e e e t a a a t t d A A A a d d a a

La escritura desatada
destos libros da lugar
a que el autor pueda mostrarse épico,
lírico, trágico, cómico, con todas
aquellas partes que encierran en sí las
dulcísimas y agradables ciencias
de la poesía y de la oratoria;
que la épica tan bien puede escribirse
en prosa como en verso.

MIGUEL DE CERVANTES
El Quijote I, 47

LILA
Y EL SECRETO
DE LOS FUEGOS

PHILIP PULLMAN

LILA
Y EL SECRETO
DE LOS FUEGOS

Ilustraciones de Jesús Gabán

EDICIONES B
GRUPO ZETA

Barcelona • B̶̶̶̶̶̶̶̶̶̶̶̶ éxico D. F.
Montevideo • Quito • Santiago de Chile

Título original: *The Firework-maker's Daughter*

Traducción: Luis Murillo Fort

1.ª edición: marzo, 2002

Publicado originalmente en Gran Bretaña por Doubleday,
una división de Transworld Publishers Ltd.

© 1995, Philip Pullman, para los textos
© 2002, Jesús Gabán, para las ilustraciones
© 2002, Ediciones B, S.A.
   en español para todo el mundo
   Bailén, 84 - 08009 Barcelona (España)
   www.edicionesb.com

Impreso en España - Printed in Spain
ISBN: 84-666-0634-3
Depósito legal: B. 3.165-2002

Impreso por Industria Gráfica Domingo, S.A.
Indústria, 1 - 08970 Sant Joan Despí

*Este cuento es para
Jessica, Gordon y Sally Rose*

1

Hace mucho, mucho tiempo, en un país situado al este de la selva y al sur de las montañas, vivían un artista pirotécnico llamado Lalchand y su hija Lila.

La mujer de Lalchand había muerto cuando Lila era pequeña. La niña era entonces una cosita con mal humor, siempre llorando, siempre rechazando la comida, pero su padre le construyó una cuna en un rincón del taller, desde donde Lila podía ver saltar las chispas y oír los estallidos de la pólvora. Cuando ya no tuvo edad para la cuna, empezó a gatear por el taller, y el baileteo de las llamas y de las chispas siempre le daba risa. Más de una vez se había chamuscado los deditos, pero Lalchand se los remojaba en agua y se los curaba a besos, y la niña enseguida se ponía otra vez a jugar.

Cuando tuvo edad suficiente para aprender, su padre empezó a enseñarle el arte de los fuegos artificiales. Lila empezó con pequeños dragones crujientes, una tira de seis. Luego aprendió a hacer monos saltarines, estornudos dorados y luces de bengala. Al poco tiempo sabía hacer todos los cohetes sencillos y ya pensaba en otros más complicados.

—Padre —dijo un día—, si a una luz de bengala le pusiera flores de sal en vez de algodón de pólvora, ¿qué pasaría?

—Pruébalo y lo sabrás —dijo él.

Y así lo hizo. En lugar de arder con un brillo verde y constante, la bengala desprendía chispas juguetonas, cada una de las cuales daba vueltas en el aire antes de extinguirse.

—No está mal, Lila —dijo Lalchand—. ¿Cómo lo vas a llamar?

—Pues... Diablillos.

—¡Excelente! Hazme una docena y los incluiremos en la exhibición del Año Nuevo.

Los diablillos fueron un verdadero éxito, lo mismo que las monedas relucientes que Lila inventó después. A medida que pasaba el tiempo aprendía más cosas del arte de su padre, hasta que un buen día dijo:

—¿Crees que ya soy una artista de los fuegos artificiales?

—No, no —dijo Lalchand—. Qué va. Todavía estás en pañales. ¿Cuáles son los ingredientes de la pólvora fulminante?

—No lo sé.

—¿Dónde encuentras granos de trueno?

—No sabía ni que eso existiera.

—¿Qué cantidad de aceite de escorpión se pone en una fuente Krakatoa?

—¿Una cucharadita?

—¡¿Qué?! Con eso volarías la ciudad entera. Todavía tienes mucho que aprender. ¿De veras quieres dedicarte al arte de la pirotecnia, Lila?

—¡Naturalmente! ¡Es lo único que quiero!

—Me lo temía —dijo él—. La culpa es mía. ¿Dónde tendría yo la cabeza? Debería haberte mandado con mi hermana Jembavati para que te hicieras una bailarina. Éste no es lugar para una niña. ¡Y mírate bien! Esas greñas, los dedos requemados y teñidos de las sustancias químicas, las cejas chamuscadas... ¿Cómo voy a encontrarte un marido con esa pinta que tienes?

Lila se quedó atónita.

—¿Un marido?

—¡Pues claro! No creerás que te vas a quedar aquí toda la vida, ¿eh?

Se miraron el uno al otro como si fueran extraños. Tanto el padre como la hija se habían hecho ideas algo equivocadas de las cosas, y se sintieron alarmados al darse cuenta.

Así que Lila no volvió a hablar de dedicarse a la pirotecnia y Lalchand no volvió a hablar de maridos. Pero, a pesar de todo, ambos lo tenían en la cabeza.

Resulta que el rey de aquel país tenía un elefante blanco. Era costumbre que cuando el rey quería castigar a uno de sus cortesanos, le enviara el Elefante Blanco como regalo: los gastos de cuidar del animal arruinaban al pobre súbdito. Porque el Elefante Blanco tenía que dormir en sábanas de seda (enormes, claro está), comer delicias turcas con sabor a mango (a toneladas), y cada mañana había que envolverle los colmillos en pan de oro. Cuando al cortesano se le terminaba el dinero, el Elefante Blanco era devuelto al rey, que lo reservaba para una nueva víctima.

Dondequiera que iba el Elefante Blanco, iba también su criado personal. El criado se llamaba Chulak, y tenía la misma edad que Lila. De hecho, eran amigos.

Todas las tardes Chulak sacaba al Elefante Blanco a hacer ejercicio, porque el elefante no quería salir con nadie más, y había una buena razón para eso: Chulak era la única persona, aparte de Lila, que sabía que el animal podía hablar.

Un día Lila fue a visitar a Chulak y al Elefante Blanco. En el momento en que llegaba a la casa del elefante, pudo oír al amo muy enfadado.

—¡Eres un niño malo! —vociferaba—. Lo has hecho otra vez, ¿verdad?

—¿Yo? ¿El qué? —preguntó Chulak con cara de inocente.

—¡Mira! —dijo el amo, señalando con un dedo tembloroso los blanquísimos flancos del elefante.

Sobre los flancos del animal, escritas con carboncillo y pintura, había docenas de frases:

RESTAURANTE LA LINTERNA DORADA
LOS NÓMADAS DE BANGKOK
JUGARÁN LA FINAL
LA ESTRELLA INDIA - ESPECIALIDAD
EN TANDOORI

Y en lo alto del lomo del Elefante Blanco, en grandes letras:

CHANG AMA A FLOR DE LOTO

—¡Este pobre animal vuelve cada día lleno de pintadas! —gritó el amo—. ¿Por qué no lo impides?

—No me lo explico, amo —dijo Chulak—. Verás, es que el tráfico está imposible. Me paso el rato vigilando que los *rickshaws* no se nos echen encima. No me quedan ojos para vigilar a los artistas de las pintadas; lo hacen en un momento y salen corriendo.

—¡Pero eso de *Chang ama a Flor de Loto* tuvo que hacerlo alguien subido a una escalera y debió de tardar sus buenos diez minutos!

—Es verdad, amo. Para mí es un misterio. ¿Quieres que lo limpie?

—¡Que no quede ni una letra! Mañana o

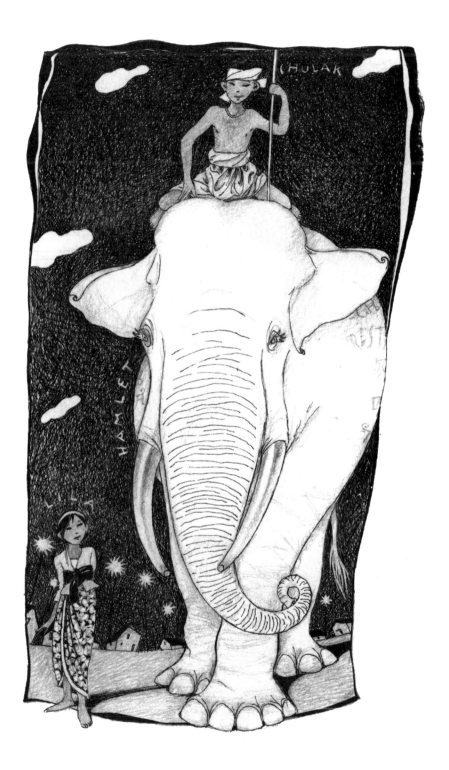

pasado habrá trabajo, y quiero que el animal esté limpio como los chorros del oro.

Y dicho esto, el amo se alejó a grandes zancadas, dejando a Lila y Chulak a solas con el elefante.

—Hola, Hamlet —dijo Lila.

—Hola —suspiró el animal—. ¡Mira en lo que me ha convertido este detestable mocoso! ¡Soy una valla publicitaria andante!

—Deja de quejarte —dijo Chulak—. Mira, ya tenemos dieciocho rupias, y diez annas del restaurante, y Chang me ha dado una rupia por dejarle escribir eso en tu lomo. ¡Ya falta menos, Hamlet!

—¡Qué vergüenza! —exclamó Hamlet meneando su enorme cabeza.

—¿Quieres decir que le cobras a la gente por escribirle cosas? —dijo Lila.

—¡Claro! —dijo Chulak—. Escribir tu nombre en un elefante blanco trae buena suerte, ¿sabes? Cuando tengamos dinero suficiente, nos fugaremos. Lo malo es que se ha enamorado de una elefanta que hay en el zoo. Deberías ver cómo se sonroja cuando pasamos por allí, ¡se pone como una tonelada de helado de fresa!

—Se llama Frangipani —dijo Hamlet apenado—. Pero ella ni siquiera se digna mirarme. Y dentro de poco, otro trabajito; otro pobre desgraciado que se quedará en la ruina. ¡Odio las delicias turcas! ¡Detesto las sábanas de seda! ¡Aborrezco que me pongan pan de oro en los colmillos! ¡Ojalá fuera un elefante vulgar y corriente!

—No me vengas con ésas —dijo Chulak—. Tenemos planes, Hamlet, recuérdalo. Le estoy enseñando a cantar, ¿sabes, Lila? Le llamaremos Luciano Elephanti y nos comeremos el mundo.

—Pero ¿a qué viene esa cara tan triste, Lila? —dijo Hamlet, mientras Chulak empezaba a fregotearlo.

—Mi padre no quiere revelarme el gran secreto de la pirotecnia —dijo Lila—. He aprendido todo lo que hay que saber sobre pólvora fulminante y granos de trueno y aceite de escorpión y repelente de chispas y jugo de brillo y sales de sombra, pero hay algo más que necesito saber y él no me lo quiere decir.

—Vaya —dijo Chulak—. ¿Quieres que se lo pregunte yo?

—Si no me lo dice a mí, menos te lo va a contar a ti.

—No se enterará de que me lo ha dicho —dijo Chulak—. Tú déjame y verás.

Y aquella noche, después de disponerlo todo para que Hamlet durmiera tranquilo, Chulak se presentó en el taller del pirotécnico, que estaba en una callejuela tortuosa, llena de olores chispeantes y de ruidos picantes, entre el puesto de gambas fritas y el estampador de *batik*. Encontró a Lalchand en el patio, bajo la noche estrellada, mezclando una pasta roja.

—Hola, Chulak —dijo Lalchand—. He oído decir que mañana regalan el Elefante Blanco a lord Parakit. ¿Cuánto tiempo crees que le durará el dinero?

—No pasará de una semana, supongo —dijo Chulak—. Aunque quién sabe, quizá ya nos habremos escapado. Casi tengo lo suficiente para viajar a la India. Creo que me dedicaré a los fuegos artificiales. Es un bonito oficio.

—¿Bonito oficio? ¡Y un cuerno! —exclamó Lalchand—. ¡La pirotecnia es un arte sagrado! Se necesita talento, mucha dedicación y el favor de los dioses para poder ser un artista pirotécnico. Y tú, gamberrillo, sólo te dedicas a haraganear.

—Entonces ¿cómo llegaste a ser un artista pirotécnico?

—Fui aprendiz de mi padre, y luego tuve que demostrar que poseía los Tres Dones.

—Los Tres Dones, ¿eh? —dijo Chulak, que no tenía ni idea de qué era eso. Probablemente Lila lo sabría, pensó—. ¿Y los tenías?

—¡Por supuesto que sí!

—¿Eso es todo? Parece fácil. Creo que podré pasar la prueba. Yo tengo muchos más de tres.

—¡Bobadas! —dijo Lalchand—. Ahí no acaba la cosa. Luego vino la parte más difícil y peligrosa de todo el aprendizaje. Todo artista pirotécnico —y bajó la voz, mirando alrededor para comprobar que nadie los escuchaba— ha de viajar a la gruta de Razvani, el Diablo del Fuego, en el corazón del monte Merapi, y volver con un poco de azufre real. Es el ingrediente indispensable para los mejores fuegos artificiales. Sin eso, nadie puede llegar a ser un pirotécnico de verdad.

—Ah —dijo Chulak—. Conque azufre real. Monte Merapi. Eso es un volcán, ¿no?

—Sí, muchacho apestoso, y ya he dicho más de lo que debería. Esto es un secreto, ¿comprendes?

—Claro —dijo Chulak poniéndose serio—. Yo sé guardar secretos.

Y Lalchand tuvo la desagradable sensación de que le habían engañado, aunque no imaginaba por qué.

2

Al día siguiente, mientras Lalchand estaba con el vendedor de papel, comprando unos tubos de cartón, Lila fue a la casa del elefante a ver a Chulak. Cuando supo lo que Lalchand le había contado, se puso furiosa.

—El monte Merapi, Razvani, azufre real... ¡y no me lo quiso decir! ¡Oh, nunca se lo perdonaré!

—Exageras un poco —dijo Chulak, que estaba ocupado preparando a Hamlet para su nuevo encargo—. Lalchand sólo piensa en ti. Además, es peligroso. A mí no me pillarás subiendo allí arriba.

—¡Bah! —dijo ella—. A él le parece bien que haga estornudos dorados y luces de bengala; eso son chiquilladas. Pero no que llegue a ser una auténtica artista de los fuegos artificiales. Quiere que sea una niña toda la vida. Pues por ahí no paso, Chulak, ya estoy harta. Me voy al monte Merapi, y pienso volver con el azufre real. Montaré mi propio negocio de pirotecnia y dejaré a mi padre sin trabajo. Ya lo verás.

—¡No! ¡Espera! Deberías hablar con él...

Pero Lila no quiso escucharle. Se fue directa a casa, preparó un poco de comida para el camino, una manta y unas cuantas monedas de bronce, y dejó una nota sobre el banco de trabajo del taller:

Querido padre:
He terminado mi aprendizaje. Gracias por todo lo que me has enseñado. Voy en busca de azufre real, en la cueva de Razvani, el Diablo del Fuego. Seguramente no volveremos a vernos.
Tu ex hija,

Lila

Pensó que sería buena idea llevar consigo varios dragones crujientes para que Razvani comprobara su habilidad. Una de sus últimas invenciones era un nuevo sistema de encendido: sólo había que tirar de un cordel en vez de prender fuego a la mecha, porque el cordel estaba empapado de una solución de cristales de fuego. Metió tres dragones crujientes en su bolsa, dio un último vistazo al taller y se puso en camino.

Cuando Lalchand volvió de la tienda y encontró la nota, la leyó horrorizado.

—¡Oh, Lila, Lila! ¡No sabes lo que haces! —exclamó, y salió corriendo al callejón—. ¿Has visto a Lila? —preguntó al hombre que vendía gambas fritas.

—Se ha ido por allí. Hará cosa de media hora.

—Llevaba un fardo a la espalda —añadió el estampador de *batik*—. Como si fuera a emprender un largo viaje.

Lalchand corrió en su busca. Pero era viejo, su corazón débil, y no podía correr mucho, además las calles estaban atestadas: *rickshaws*, carretas tiradas por novillos, un convoy de vendedores de seda camino del mercado, y en el Gran Bulevar había un desfile. Lalchand no pudo seguir adelante.

La razón de aquel bullicio era que el Elefante Blanco se dirigía a casa de su nuevo propietario. Chulak conducía a Hamlet en cabeza de la procesión, acompañado de músicos que tocaban flautas de bambú y tambores de teca, bailarines que hacían entrechocar las uñas, y un tropel de sirvientes provistos de cintas de medir, a fin de tomar las medidas de la nueva casa de Hamlet para calcular las cortinas de seda y las alfombras de terciopelo que su dueño tendría que comprar. Las banderas ondeaban a la luz del sol, y el Elefante Blanco relucía como una montaña nevada.

Lalchand se abrió paso entre la multitud hasta donde estaba Chulak.

—¿Le dijiste a Lila lo de Razvani y el azufre real? —preguntó jadeante.

—Claro —respondió Chulak—. Deberías habérselo dicho tú. ¿Por qué?

—Porque se ha ido, ¡estúpido! Se ha marchado sola al monte Merapi... ¡y no conoce el resto del secreto!

—Entonces ¿hay más?

—¡Claro que hay más! —dijo Lalchand, esforzándose por no quedarse atrás—. Nadie

puede ir a la gruta del Diablo del Fuego sin protección. Necesitará un frasco de agua mágica que sólo tiene la Diosa del lago Esmeralda, de lo contrario perecerá en las llamas. Oh, Chulak, ¿qué has hecho?

Chulak tragó saliva. Casi habían llegado a la casa del nuevo propietario, y hubieron de aminorar el paso para dejar que los bailarines, los músicos y los que portaban banderas franquearan la puerta y formaran en dos hileras, entre las cuales debía pasar el Elefante Blanco.

Entonces Hamlet, lo bastante fuerte para que Chulak lo oyera, susurró:

—¡Yo la encontraré! Ayúdame a escapar esta noche, Chulak, iremos al lago y llevaremos a Lila el agua mágica.

—Buena idea —susurró a su vez Chulak, entusiasmado—. Es lo que te iba a sugerir yo. —Se volvió a Lalchand y dijo—: Escucha, tengo algo que proponerte. ¡Hamlet y yo buscaremos a tu hija! Partiremos esta misma noche. El lago Esmeralda, la Diosa, el agua mágica, el monte Merapi... ¡Es pan comido! —Chulak hizo una pausa y luego habló a los sirvientes—: Dejad paso, hemos de rodear la casa. Vaya por Dios, qué puerta más estrecha. Habrá que tirarla. ¿Y qué es lo que veo? ¿Grava? ¿Queréis que el Elefante Blanco ande sobre grava, nada menos? ¡Traed una alfombra enseguida! ¡Y que sea roja! ¡Vamos! ¡Daos prisa!

Dio unas palmadas y los sirvientes se dispersaron después de hacer reverencias. El nuevo propietario estaba en la casa tirándose de los pelos. Chulak le dijo a Lalchand, otra vez en susurros:

—¡No te apures! Saldremos esta noche. Lo único que necesitamos es una lona grande.

—¿Una lona? ¿Y para qué?

—No perdamos tiempo en explicaciones. Tú preséntate esta noche en la verja con una lona.

Y Lalchand hubo de contentarse con eso. Regresó al taller muy compungido.

Mientras tanto, Lila se había puesto en camino hacia el volcán sagrado atravesando la selva. El monte Merapi estaba lejos, hacia el norte, y no lo había podido ver hasta que, a media tarde, tras una curva del sendero, se encontró al lado del río.

La magnitud de la gran montaña la dejó boquiabierta. Estaba en el confín del mundo, pero pese a la lejanía, parecía rozar el cielo y las laderas peladas se elevaban formando un cono perfecto hacia el reluciente cráter de la cima. De vez en cuando, los espíritus del fuego que habitaban allí rugían enfadados bajo tierra y lanzaban al aire rocas incandescentes. Un penacho de humo salía sin tregua de la cumbre y se juntaba con las nubes.

«¿Cómo voy a llegar hasta allí?», se preguntaba Lila, empezando a flaquear. Pero había decidido hacer el viaje, y no podía volverse atrás cuando apenas había comenzado. Se cambió el fardo de hombro y siguió andando.

La selva era un lugar ruidoso. En los árboles parloteaban monos, chillaban loros, y en el río los cocodrilos hacían chascar sus mandíbulas. De vez en cuando, Lila tenía que sortear a una serpiente que dormía al sol, y en una ocasión oyó rugir al poderoso tigre. No se veía a nadie, salvo a unos pescadores que se aproximaban remando trabajosamente desde el otro lado.

Lila se detuvo en la orilla y les vio acercar la barca hacia donde ella se encontraba. No parecían muy expertos. Eran cinco o seis, y los remos no hacían más que chocar unos con otros. Mientras Lila miraba, uno de los pescadores pasó sin querer su remo por encima del agua y le dio a un compañero en la cabeza. Éste se volvió al momento y le propinó un puñetazo al primero, que resbaló del asiento y dejó caer el remo al agua. Otro de los pescadores trató de agarrarlo, pero en vez de eso se cayó por la borda, y la barca se bamboleó de tal manera que los demás lanzaron gritos de alarma, aferrándose a los lados.

El que había caído chapoteaba mientras trataba de izarse a la embarcación, y todos los cocodrilos que tomaban el sol en los bajíos levantaron los ojos con interés. Lila contuvo el aliento, pero aquellos pescadores eran tan inútiles que no pudo evitar reírse; porque cuando el que había caído se agarró al borde de la barca, todos los que estaban a bordo se lanzaron hacia aquel lado para ayudarle, y la barca se inclinó de tal modo que casi se fueron por la borda. De repente comprendieron lo que pasaba y se soltaron, y la barca se inclinó hacia el lado contrario y cayeron todos de espaldas.

Los cocodrilos abandonaron la ribera arenosa y empezaron a nadar hacia la barca.

—¡Vamos! ¡Subidlo, estúpidos! —exclamó Lila—. ¡Por un extremo, no por el costado!

Uno de ellos la oyó, consiguió izar al hombre por la popa y dejarlo tendido a bordo, boqueando como un pez. Mientras tanto, la barca se había acercado sola a la orilla, y Lila alargó la mano para impedir que siguiera dando sacudidas.

Tan pronto la vieron, los pescadores se dieron codazos.

—Mira —dijo uno.

—Adelante —murmuró otro—. Pregúntaselo tú.

—¡No! ¡La idea fue tuya! Hazlo tú.

—No fui yo, ¡fue cosa de Chang!

—Él no puede hablar, todavía está lleno de agua...

Finalmente uno de ellos soltó un bufido de impaciencia y se levantó, con lo que la embarcación se balanceó violentamente. Era el más corpulento de todos, y con mucho el más imponente, pues lucía una pluma de avestruz en el turbante, un enorme bigote negro y un *sarong* de cuadros escoceses.

—¡Muchacha! —dijo—. ¿Me equivoco al suponer que te disponías a cruzar el río?

—La verdad es que a eso iba —dijo Lila.

El hombre entrechocó las yemas de los dedos con placer.

—¿Y me equivoco al suponer que llevas encima algo de dinero?

—Algo, no mucho —dijo Lila—. ¿Podrían llevarme a la otra orilla? Les pagaré.

—¡No se hable más! —dijo el hombre al punto—. ¡El taxi del río está a tu entera disposición! Yo me llamo Rambashi. ¡Bienvenida a bordo!

Lila no veía muy claro por qué un taxi fluvial tenía que llevar pintado en la roda un nombre tan raro como *El asesino sangriento*, ni por qué Rambashi llevaba nada menos que tres dagas en el cinto: una recta, una curva y una ondulada. Pero no había otro modo de cruzar el río, así que subió a bordo tratando de no pisar al que había estado a punto de ahogarse y que todavía chorreaba agua en el piso de la embarcación. Los demás no le hacían el menor caso; es más, tenían los pies apoyados encima de él como si fuera una alfombra.

—¡Soltad amarras, mis valientes! —gritó Rambashi.

Lila se sentó en la proa, agarrada con temor a los costados mientras *El asesino san-griento* se adentraba en la corriente. A su espalda pudo oír el ruido de los remos al cho-car unos con otros, los gritos de dolor cuan-do uno de los pescadores golpeaba a otro en la espalda, y los gruñidos y maldiciones del hombre medio ahogado que intentaba incor-porarse; pero no prestó mucha atención por-que había montones de cosas que observar en el agua. Había colibríes y caballitos del diablo, y una familia de patos que salía a dar-se un baño, y cocodrilos fingiéndose troncos a la deriva, y toda clase de cosas; pero enton-ces advirtió que los remeros habían dejado de bogar y que la barca ya no se mecía como hacía un rato. De hecho nadie remaba.

Y los pescadores tampoco estaban calla-dos del todo. Lila les oyó hablar en susurros.

—¡Díselo tú!

—No quiero. Ahora te toca a ti.

—Tienes que hacerlo tú. ¡Has dicho que lo harías!

—Que sea Chang. Ya es hora de que haga algo.

—No tiene agallas para eso. ¡Hazlo tú!

Lila se dio la vuelta.

—Por el amor de Dios —dijo—. ¿Qué es lo que...?

Pero no terminó la frase: lo que vieron sus ojos se lo impidió. Habían soltado los remos, que se habían quedado apuntando en todas direcciones. Los hombres se habían cubierto la nariz y la boca con pañuelos y todos ellos empuñaban dagas. Rambashi, una en cada mano.

Los remeros se sobresaltaron un poco cuando ella se volvió. Luego miraron todos a Rambashi.

—¡Sí! —dijo él—. ¡Te hemos engañado! ¡Ja, ja, ja! Esto no es un taxi. ¡Somos piratas! Los más feroces de todo el río. Te rebanaremos el cuello en un santiamén.

—Y nos beberemos tu sangre —añadió uno.

—Sí, eso. Toda la sangre. ¡Vamos, entrégame el dinero!

Agitó la daga con tanto vigor que la barca se balanceó, y el hombre a poco estuvo de caer al agua. Lila casi se echó a reír.

—¡Paga de una vez! —exclamó Rambashi—. Estás capturada. ¡La bolsa o la vida! Te lo advierto, ¡estamos dispuestos a todo!

3

Rambashi y sus piratas consiguieron llevar *El asesino sangriento* hasta la otra orilla del río, pero Lila hubo de rescatar otro remo del agua, y prometió estarse quieta y no mover la barca.

Cuando llegaron a la orilla y la barca tocó fondo, todo el mundo se cayó de su asiento.

—Muy bien —dijo Rambashi, poniéndose en pie—. Atad la barca a un buen tronco de árbol o lo que sea y llevad a la prisionera a tierra.

—¿Nos la vamos a comer? —preguntó uno de los piratas—. Porque yo me muero de hambre.

—Sí, hace días que no probamos bocado —rezongó otro—. Prometiste que cada noche comeríamos caliente.

—¡Ya basta! —interrumpió Rambashi—. Sois un hatajo de perros sarnosos. Llevad la prisionera a la cueva y dejaos de quejas.

Lila no estaba segura de si podría escapar enseguida. Algunos de aquellos piratas parecían lo bastante feroces para perseguirla; aunque, fijándose bien, vio que sus dagas eran de madera envuelta en papel de plata, de modo que mucho daño no le podían hacer.

—Espero que no te importe esta pequeña transacción —dijo Rambashi mientras iban por un sendero en la espesura—. Es algo estrictamente comercial.

—¿Es que me habéis secuestrado? —preguntó Lila.

—Me temo que sí. Ahora mismo nos vas a dar todo tu dinero. Luego te ataremos bien y pediremos un rescate.

—¿Lo habéis hecho otras veces?

—Oh, desde luego —dijo Rambashi—. Montones de veces.

—¿Qué pasa cuando no os dan dinero por el rehén?

—Pues...

—Nos lo comemos —dijo el pirata hambriento.

—Calla —dijo Rambashi.

—No sois caníbales —dijo Lila.

—Pero tenemos un hambre... —dijo el pirata.

—¿Siempre os habéis dedicado a esto?

—No —dijo Rambashi—. Yo, por ejemplo, tenía gallinas, pero se me murieron todas de melancolía. Vendí el negocio y compré la barca... ¡Oh, no! ¡Silencio! ¡Alto! ¡Que nadie se mueva!

Los últimos piratas de la fila, que seguían refunfuñando, chocaron con los de delante, que estaban detrás de Rambashi, muertos de miedo.

En el camino, delante de ellos, había un tigre. Movía perezosamente el rabo de un lado a otro y los miraba con ojos dorados. Entonces abrió la boca y rugió con tal fuerza que Lila pensó que hasta la tierra temblaba. Uno de los piratas le tomó de la mano.

Y así estaban, mientras el tigre se preparaba para saltar sobre ellos, cuando Lila se acordó de los dragones crujientes. Recuperó la mano que le agarraba el pirata, hurgó en su bolsa y extrajo los tres que había llevado consigo.

—Ojo —le dijo a Rambashi, y tirando del cordel del primero lanzó el pequeño cohete a la cara del tigre.

La fiera no había tenido un susto como aquél en su vida. Uno, dos, hasta tres dragones crepitaron, refulgieron y le saltaron encima; fue demasiado para el tigre, que dio media vuelta y se alejó rápidamente entre gemidos.

Los piratas prorrumpieron en vítores.

—¡Espléndido! —exclamó Rambashi—. ¡Enhorabuena! Yo iba a matarlo de una cuchillada, claro, pero da lo mismo. —Lila se preguntó cómo lo habría hecho con su puñal de madera, pero no dijo nada—. Y, naturalmente —prosiguió él—, esto cambia las cosas. No podemos retenerte como rehén si nos has salvado la vida. Tendrás que ser nuestra invitada. Quédate con nosotros esta noche, ¿de acuerdo?

—No tenemos provisiones —dijo uno—. ¿Qué va a comer, la pobre?

—Enviaremos a Chang a pescar —dijo alegremente Rambashi, meneando la cabeza ante las protestas que surgieron—. Nada, nada, el pescado es muy bueno para todos. ¡Vamos, Chang! ¡No te quedes ahí parado!

—No puedo ir —dijo Chang—. Mirad.

Todos miraron hacia la ribera. *El asesino sangriento* iba a la deriva, con la amarra flotando en el agua.

—¿Quién ha atado la barca? —gritó Rambashi.

Uno de los piratas agachó la cabeza y se puso a hacer un hoyo en el suelo con la punta del dedo gordo del pie.

—Mmm —dijo Rambashi—. Menudos piratas estáis hechos. Vergüenza deberíais tener. ¡Pero no importa! Tengo una idea mejor. ¡Muchacha! —le dijo a Lila, frotándose las manos. Sus ojos brillaban de contento—. ¿Qué te parecería una pequeña inversión?

—Bueno, yo... —dijo Lila—. Debo seguir mi camino.

—En serio, es una idea mucho mejor que lo de la piratería —dijo Rambashi—. Me ha venido de repente a la cabeza, al ver cómo se alejaba la barca. (No puedo enfadarme con estos tipos, son como niños.) Sí, las ideas siempre me vienen de golpe y porrazo. ¡Y ésta es genial! ¡No puede fallar!

—¿Habrá comida? —preguntó un pirata de mal humor.

—¡Comida, dices! ¡De eso se trata precisamente! Espera que te lo explique... ¡Eh! ¡Muchacha! Sólo es un poco de dinero, la mejor inversión que hayas hecho nunca...

Pero Lila había echado a andar, y, mientras se alejaba, oyó la voz de Rambashi, diciendo:

—No, chicos, ya sé en qué nos equivocamos. Lo he visto claro de golpe y porrazo. Pero esta idea nueva os va a todos que ni pintada. Veréis, os contaré el plan...

A Lila le habría gustado saber qué era lo que tramaba Rambashi, pero tenía que darse prisa. El Merapi humeaba y gruñía en la lejanía. Ver de nuevo la montaña, tan imponente, le levantó el ánimo. «¡Yo pertenezco a esa montaña, y ella a mí!», pensó.

Y apretó el paso sin otra idea que ésa en la cabeza.

Chulak, mientras tanto, se disponía a sacar disimuladamente a Hamlet de su nueva casa. El amo se había acostado temprano, refunfuñando, pero los esclavos seguían levantados, y Chulak tuvo que ingeniárselas para distraerlos.

—Escuchad —les dijo en la cocina—. Ya

sabéis que tenéis que hacer todo lo que sea para complacer al Elefante Blanco, porque si no el rey se enfadará. ¿No es cierto?

Todos asintieron con la cabeza.

—Veréis, el elefante está un poco nervioso. La primera noche que pasa en una casa nueva nunca duerme bien, así que, para animarle un poco, tendremos que jugar a Pasos de Elefante. Vosotros salís al jardín y os tapáis los ojos, y cuando os parezca que le oís llegar, os dais la vuelta. A él le encanta ese juego. Vamos, esperad en el jardín y yo le avisaré cuando estéis listos.

Los esclavos salieron disparados por la puerta de atrás, y en cuanto estuvieron escondidos en el jardín y con los ojos cerrados, Chulak abrió la puerta principal y sacó a Hamlet por la verja.

—Qué bien que hayan puesto la alfombra que les ordené —susurró—. Si no, harías mucho ruido en la grava.

—¿Podríamos pasar por el zoo? —dijo Hamlet en voz baja.

—¡Naturalmente que no! Deja estar a Frangipani. Ahora hemos de pensar en Lila. Y no respires tan fuerte, haz el favor...

Salieron de puntillas y encontraron a Lalchand junto a la verja, provisto de una lona grande, como Chulak le había pedido.

—¿Para qué es? —quiso saber Lalchand.

—Para esto —dijo Chulak. Hizo arrodillarse a Hamlet y le cubrió el lomo con la tela—. Para que no se le vea tanto en la oscuridad.

—Ay —gruñó Hamlet—. Está caliente y rasca, y huele como un toldo. ¿No podrías buscar una manta bonita?

—Creo que no eres consciente de tu tamaño —dijo Chulak.

—¡Tened mucho cuidado! —les advirtió Lalchand—. Debería ir con vosotros, es un viaje peligroso. ¿Por qué no se lo dije todo a Lila desde el principio? ¡Debí confiar en ella! ¡Soy un viejo estúpido!

—Sí —dijo Chulak—. Pero no te apures. La encontraremos. ¡Adelante, Hamlet!

Y se pusieron en camino. Lalchand se los quedó mirando un rato, hasta que se perdieron de vista en las calles oscuras.

Pero alguien vigilaba a Lalchand.

Uno de los esclavos que había salido a jugar a Pasos de Elefante le observaba desde unos arbustos; y tan pronto como se dio cuenta de lo que habían visto sus ojos, se echó a temblar. ¡Ayudar a escapar al Elefante Blanco era un crimen horrendo! El castigo sería terrible... y grande la recompensa para quien delatara al criminal.

De modo que cuando Lalchand se dirigió a su casa, el esclavo lo siguió furtivamente para averiguar quién era y dónde vivía.

Chulak y Hamlet anduvieron toda la noche, y, cuando se hizo de día, durmieron en un vallecito al pie de unos muy frondosos árboles. Despertaron a media tarde y, mientras Hamlet comía hojas, Chulak fue al pueblo más próximo para preguntar cómo se iba al lago Esmeralda. Volvió con un manojo de plátanos y algunas noticias.

—¿Sabes qué, Hamlet? ¡Estamos de suerte! Esta noche hay luna llena. La diosa del agua sale del lago y concede deseos a la gente. ¡No podríamos haber llegado en mejor momento! Acaba de comer y pongámonos en marcha.

No eran los únicos que iban al lago Esmeralda. Los senderos de la selva estaban llenos de familias con cestas de merienda, y hasta una tropa de monos iba en la misma dirección. Poco antes de ponerse el sol, Chulak y Hamlet vieron a un joven que estaba pegando avisos en los árboles que bordeaban el camino.

Chulak se disponía a leer uno cuando el joven se fijó en él.

—¡Eh! ¡Yo te conozco! —dijo—. Y a él...

—Conocemos a un montón de gente —dijo Chulak—. ¿Vamos bien para el lago Esmeralda?

—Sí, está ahí mismo. Oye, ¿no podría...? —El joven no acababa de decidirse.

Chulak sabía qué era lo que quería.

—De rodillas, Hamlet —dijo—. Tenemos un cliente.

Hamlet no podía decir nada estando allí el joven, pero miró a Chulak de mala manera mientras se arrodillaba. El joven escribió algo en el costado del elefante con un palo y un poco de barro, y luego entregó a Chulak una moneda.

—¡Gracias! —dijo—. ¡Verás cuando se lo diga al jefe!

Y se fue corriendo. Chulak leyó lo que había escrito:

RESTAURANTE RAMBASHI
LA MEJOR PARRILLA DE TODA LA SELVA

—¿Rambashi? —dijo Chulak—. Tengo un tío que se llama así. Antes era el dueño de una granja de gallinas.

Los pasquines pegados en los árboles también anunciaban el restaurante. Inauguraban aquella misma noche, y con uno de los vales que había en los anuncios, la comida salía a mitad de precio.

—Hace tiempo que no veo al tío Rambashi —dijo Chulak—. Vamos, dentro de un momento será de noche.

Apresuraron el paso. Poco rato después llegaban a orillas del lago Esmeralda. Bajo los árboles, bordeando el lago, había casas sobre pilotes, con los fogones encendidos y farolillos de colores, y mientras la oscuridad tropical cubría el cielo en cosa de cinco minutos, Chulak y Hamlet entraron en la aldea.

Lógicamente, un elefante blanco con un anuncio escrito encima causó sensación, y al poco rato Chulak y Hamlet tenían detrás una multitud de niños y algún que otro viejo sin nada mejor que hacer. Hasta el grupo de bailarinas que estaban vistiéndose para la ceremonia cedió a la tentación, y la directora tuvo que correr detrás de ellas con la boca llena de imperdibles para hacerlas volver y darles un rapapolvo.

—¿Por dónde se va al restaurante Rambashi? —preguntó Chulak, y alguien le señaló un edificio de madera sostenido por pilotes al borde mismo del agua. Había una terraza con banderines de colores, mesas con manteles de cuadros, lámparas que eran botellas de vino, y de la cocina salía una nube de humo, sonidos de hervores y chisporroteos y olores de carne a la parrilla, pescado y especias.

—¡Hemos llegado a tiempo! ¿Qué te parece, Hamlet? ¡Y allí está tío Rambashi! —dijo Chulak.

Rambashi, que llevaba un delantal blanco encima del *sarong* de cuadros, estaba acompañando a unos clientes a la terraza cuando lo vio.

—¡Chulak! ¡Sobrino! ¡Cuánto me alegro de verte! Y a tu... amigo... tu mascota, bueno,

¡a tu estupenda valla publicitaria ambulante! ¡Entra, muchacho! ¿Un vale? Déjalo, no te preocupes. Comida gratis para todos en honor de la luna llena. (Naturalmente, perderé dinero con la invitación, pero enseguida lo recuperaremos. Estupenda publicidad.) ¡Sí, damas y caballeros! ¡Esta noche comida gratis!

—Y nosotros ¿qué? —dijo un camarero—. ¿Cuándo cenamos nosotros?

—Primero la clientela —dijo Rambashi—. Tú y los muchachos podréis comer después cuanto os dé la gana.

—Pensaba que te dedicabas a criar gallinas —dijo Chulak lanzándose sobre un gran plato de arroz con gambas en salsa satay.

—Sí, pero tuve que dejarlo. Me daban pena las gallinas, ¿sabes? Estuvimos metidos en el ramo del transporte; teníamos un taxi fluvial, y para redondearlo hacíamos algún trabajillo extra, pero luego surgió la oportunidad de invertir en esto de la restauración, que es para lo que más talento tengo, Chulak... Sí, señora, nuestra trucha de lago a la parrilla está exquisita, le sugiero una guarnición de arroz al azafrán. ¿Y qué le parece una

jarra de vino de jazmín? Sí, todo por cuenta de la casa. ¡Hoy no se paga!

Efectivamente, el restaurante era un buen negocio, o lo habría sido si Rambashi hubiera cobrado por la comida.

—Espero que sepa lo que se hace —le dijo Chulak a Hamlet, mientras el elefante mordisqueaba distraído un baniano cuyas ramas colgaban sobre la terraza—. Dice que la publicidad es tan buena que la gente seguirá viniendo cuando él empiece a cobrar. Yo no estoy tan seguro. Eso sí, la comida está bien. Sabe un poco a humo, pero es sabrosa.

El cocinero de Rambashi estaba teniendo problemas con la parrilla, todo el tiempo tenía que echarle agua porque se calentaba demasiado. Eso producía grandes nubes de humo y de vapor, y los camareros entraban y salían constantemente con platos llenos, platos sucios, jarras de vino, cartas y cocos rellenos de helado.

Entretanto, los ancianos de la aldea estaban preparando las cosas para la ceremonia de la luna llena. Chulak y Hamlet, ahítos de comida, fueron a echar un vistazo. Habían barrido y alisado la arena de la orilla, colgado faroles de los árboles y esparcido flores de todos los colores por la superficie del lago. Las márgenes del camino que bajaba del templo estaban repletas de gente, y Chulak tuvo que subirse a lomos de Hamlet para poder ver.

Entonces empezó la ceremonia. Se oyeron tres redobles de tambor, y la orquesta comenzó a tocar: gongs y xilófonos y tambores y platillos y flautas. Una hilera de bailarinas salió del templo y empezó a bajar hacia el lago, chispeantes como luciérnagas y con las faldas doradas reluciendo a la luz de los faroles.

El cacique de la aldea encendió una vela perfumada en una barca de papel, que luego depositó sobre la superficie del agua. El incienso impregnó el aire con su aroma dulzón e intenso. Pronto otras barcas de papel se sumaron a la primera, y entonces un niño señaló hacia las copas de los árboles que había al otro extremo del lago y dijo: «¡Luna!»

Estaba saliendo la luna llena. Y en ese momento la música empezó a subir de volumen, invocando a la Diosa del Lago con el gong, los xilófonos y los platillos.

Y entonces allí estaba ella, aunque nadie la había visto llegar; fue como si hubiera aparecido cuando no estaban mirando y al volver a mirar la hubieran visto allí; pero de hecho nadie había dejado de mirar. La Diosa surcaba las aguas del lago sobre una balsa de nenúfares. Era muy hermosa y vestía una túnica del color de la luna, con anillos y amuletos de plata y un collar hecho de flores de jazmín.

Uno tras otro, los aldeanos saludaron a la Diosa con reverencias y le pidieron su ayuda: una mujer, que curara a su hijo enfermo; un hombre, que su cosecha fuese buena; unos enamorados, que bendijese su matrimonio. La Diosa reprendió a algunos por pedir demasiado, aunque jamás rechazaba a nadie que estuviera en apuros. Cuando hubieron terminado y la Diosa se disponía ya a partir, Chulak trató de reaccionar, porque estaba aturdido por su belleza, y se abrió paso a codazos hasta el borde del agua.

—¡Diosa! —dijo poniéndose de rodillas—. ¡Óyeme a mí también, te lo ruego!

Pero antes de que la Diosa le pudiera responder, alguien le agarró de mala manera y lo apartó de allí.

—¿Qué haces, forastero?

—¡Echémosle! ¡Está profanando el lago!

—¿Quién es? ¿Quién le ha dado permiso?

—¡Apedreadle! ¡Hay que expulsarlo de aquí!

Chulak forcejeaba. Vio que Hamlet se erguía y movía las patas, y supo que el elefante se estaba enfadando.

—¡No! —les gritó Chulak—. ¡Escuchad! ¡Tengo una petición muy especial! ¡Dejad que hable con la Diosa!

El sumo sacerdote le miró ceñudo. Estaba muy serio.

—¿Cómo osas venir a este lugar sagrado? —dijo—. ¡No debes molestar a la Diosa con tus frívolas peticiones! ¡Echadle de aquí! ¡Ella no te escuchará! Da gracias de que te dejemos marchar con vida. Llevadlo a las afueras del pueblo, y si vuelve, ¡matadlo!

4

En medio del griterío y el forcejeo pudieron oír el sonido de una potente trompeta, y todo el mundo se quedó paralizado de temor. Chulak también se asustó, aunque sabía qué era aquel ruido; porque cuando Hamlet trompeteaba, quería decir que estaba a punto de perder la paciencia.

Antes de que nadie pudiera moverse, sin embargo, fue la Diosa quien habló. Su voz era sedosa y grave, como el murmullo nocturno de las olas en una playa.

—¿A qué viene toda esta conmoción? Dejad de discutir ahora mismo. Está bien que quieras protegerme, sumo sacerdote, pero me gustaría oír lo que este joven tiene que decir, y ver a su amigo el elefante. Acercaos al agua, los dos.

Chulak miró a Hamlet y vio que al enorme animal también le daba vergüenza. El elefante se abrió paso entre la gente, con cuidado de no pisar a nadie, y se arrodilló en la arena al lado de Chulak. Las frases que llevaba escritas en el lomo se veían muy bien bajo el claro de luna. La Diosa las leyó, y pidió a Hamlet que se diera la vuelta y le mostrara el otro lado.

—«La mejor parrilla de toda la selva»... «Chang ama a Flor de Loto»...

—Creía que ésa la había borrado ya —dijo Chulak.

—Me parece encantador —dijo la Diosa del Lago—. Pero no quiero que se repita. Tu amigo es demasiado sabio y noble para que le escriban cosas encima, y si pudiera hablar, estoy segura de que tú mismo te darías cuenta.

Y miró a Chulak de tal manera, que éste supo exactamente lo que quería decir. Se sintió avergonzado.

—Sin embargo —continuó la Diosa—, veo que tu petición no es nada frívola. Dime qué es lo que quieres.

—Tenemos una amiga —dijo Chulak muy serio— que quiere perfeccionarse en el arte de la pirotecnia, ¿sabes? Ya ha hecho todo el aprendizaje, pero necesita el azufre real de Razvani, el Diablo del Fuego. De modo que se ha ido sola al monte Merapi, pero no sabe que le hace falta el agua mágica para protegerse de las llamas, y como no queremos que le pase nada, te rogamos, como un gran favor, que nos des un poco de esa agua, y luego iremos a ver si todavía podemos alcanzarla.

La Diosa asintió.

—Tu amiga tiene buenos amigos —dijo—. Pero el monte Merapi está muy lejos, y el viaje es muy peligroso. Debéis poneros en camino cuanto antes. ¡Y tened mucho cuidado!

Y como si la Diosa ya hubiera sabido qué era lo que querían, mostró una pequeña calabaza provista de un broche de plata. Chulak tomó el frasco e hizo otra reverencia, y la orquesta empezó a tocar y las bailarinas a danzar, y cuando la gente dirigió nuevamente la vista al lago, la Diosa ya no estaba allí, aunque nadie la había visto desaparecer.

Antes de partir, Chulak limpió a Hamlet en la orilla. Varios niños de la aldea le ayudaron, pero no por mucho rato porque pronto les llamó la atención otra cosa: del restaurante Rambashi salía una gran nube de humo y llamas.

—Dios mío —exclamó Chulak—. Adiós al último plan de tío Rambashi. Ya me parecía a mí que ese cocinero no era muy experto. Espero que no le haya pasado nada.

—Están todos bien —dijo Hamlet—. Y los niños disfrutan con el incendio.

Chillidos de placer y excitación les llegaron de la multitud, mientras el tejado se venía abajo con una lluvia de chispas. Se había formado una cadena de cubos de agua, y Chulak pudo oír a Rambashi, que decía:

—¡Qué espectáculo! ¿Sabéis una cosa, chicos? Esto me ha dado una idea aún mejor. Lo único que tenemos que hacer es...

—¡Si todavía no hemos comido como nos prometiste! —exclamó uno de los camareros.

—Vámonos, Hamlet —dijo Chulak, y echaron a andar bordeando el lago hacia las distantes montañas.

Para entonces, Lila había llegado al final de la selva. Trepando todo el tiempo, siguió adelante a medida que los árboles disminuían y el camino se convertía en un sendero y finalmente desaparecía por completo. Todos los sonidos de la selva: el zumbido de los insectos, los gritos de pájaros y monos, el agua goteando de las hojas, el croar de las ranas, habían quedado atrás. Lila se había sentido a gusto con la compañía, pero ya no se oía nada salvo sus pies en el sendero y el rugido ocasional de la montaña, tan profundo que Lila lo notaba en los pies tanto como en los oídos.

Al caer la noche, Lila se tumbó junto a una roca sobre el suelo pedregoso y se envolvió en la manta que llevaba. La luna llena no la dejaba dormir con su resplandor, y no conseguía estar cómoda porque las piedras se le clavaban en la carne. Finalmente se incorporó enfadada.

Pero no había nadie con quien compartir su enfado. Jamás se había sentido tan sola.

—Me pregunto... —empezó a decir, pero meneó la cabeza. No estaba haciendo ese viaje para pensar en cómo irían las cosas en casa.

Precisamente, ése era el motivo que la había impulsado a hacer el viaje—. Pues si no puedo dormir, será mejor que siga caminando —se dijo a sí misma.

Dobló la manta, se ajustó el *sarong*, se ciñó las sandalias y se puso de nuevo en marcha.

El camino era cada vez más empinado. Al poco rato ya no podía ver la cumbre del monte, así que supuso que estaba escalando una de las laderas.

Allí no había ninguna vegetación, ni siquiera maleza o hierbas; todo era roca y piedras sueltas. Y el suelo estaba caliente.

—Estoy cerca —se dijo—. Ya no puede faltar mucho.

No bien había dicho esto, puso el pie sobre una piedra, ésta rodó bajo su peso y Lila cayó, acompañada de otra docena de piedras.

Se quedó sin respiración, y no le quedaba aliento para gritar mientras las piedras la golpeaban por todas partes. Las rocas siguieron rodando por la montaña hasta que al final se pararon muy abajo. Lila se incorporó con cautela.

—¡Huy! —dijo—. Qué tonta he sido. Esto me pasa por no mirar dónde pongo los pies. Debo tener más cuidado.

Al levantarse descubrió que una sandalia se le había salido y había ido ladera abajo con las piedras. No se veía por ninguna parte. Apoyó con mucho cuidado el pie descalzo y notó que el suelo estaba muy caliente.

Bien, no se podía hacer nada, y ¿acaso no había venido en busca del fuego? ¿Y no se había quemado muchas veces en el taller de su padre? ¿De qué le servía, además, tener unos pies delicados?

Siguió trepando, arriba y arriba. Al poco rato llegó a un punto en donde todas las piedras estaban sueltas; resbalaba dos pasos por cada tres que daba hacia lo alto. Tenía los pies y las piernas magullados, y después perdió la otra sandalia. Casi lloró de desesperación porque no había el menor rastro de la gruta, sólo una pendiente interminable de piedras calientes que rodaban bajo sus pies.

Tenía la garganta reseca y sus pulmones jadeaban en aquel aire enrarecido de las alturas. Cayó de rodillas y se aferró con dedos temblorosos mientras las piedras empezaban a rodar nuevamente bajo ella. Soltó la bolsa de la comida, soltó la manta; ya no le importaban; lo único importante era seguir subiendo. Se arrastró cuesta arriba sobre sus rodillas ensangrentadas hasta que todos los músculos le dolieron y no le quedó más aire en los pulmones, hasta que pensó que iba a morir; aun así, continuó trepando.

Entonces una roca mayor que las demás empezó a moverse más arriba, mientras las piedras más pequeñas empezaban a rodar por la pendiente. La gran roca se deslizaba hacia ella, y Lila no tenía fuerzas para moverse; pero en el último segundo la roca rebotó, pasó por encima de ella y rodó ladera abajo entre una montaña de polvo y guijarros.

Donde había estado la roca se veía un boquete alto como una casa. La luz iluminaba un poco la entrada, pero el agujero se adentraba hasta el corazón de la montaña. Una ráfaga de humo saturado de azufre salió del interior, y Lila supo que había llegado a la meta: era la gruta del Diablo del Fuego.

5

Consiguió levantarse con los brazos que le temblaban y entró en la cueva. El piso parecía un horno y el aire era casi irrespirable. Siguió avanzando hacia el interior, más allá del trecho iluminado por la luna. Nada se oía aparte del silencio, nada se veía aparte de unas rocas casi negras.

A derecha e izquierda se levantaban ásperos muros; los palpó con las manos ensangrentadas. Luego el túnel se abría a una enorme caverna. Jamás había visto nada tan tétrico y vacío de vida, y de pronto se desanimó porque el viaje había sido muy largo y allí no había nada.

Se derrumbó sobre el suelo.

Y como si aquello fuera una señal, una pequeña llama surgió por un instante de entre la pared de roca y se extinguió.

Luego otra, en un sitio diferente.

Y otra más.

Y entonces la tierra se estremeció y rugió, y con un ruido espantoso la pared se abrió y, de pronto, la caverna estaba llena de luz.

Lila se incorporó sobresaltada, mientras unas llamas rojas lamían la bóveda de roca. De repente, la gruta cobró vida: un enjambre de diablillos de fuego empezó a lanzarse contra la roca y a chocar contra otros enjambres, mientras una alfombra de lava hirviente se extendía de punta a punta y el sonido de martillos contra yunques resonaba al compás de una gran danza del fuego.

La caverna estaba llena de luz y de ruido. Miles y miles de espíritus de fuego llameaban blandiendo martillos, corrían de acá para allá con puñados de chispas, y se lanzaban contra la pared de roca hasta que ésta se derritió y se derramó como si fuese cera blanda. Las ávidas criaturas sumergieron allí sus rojas manos y se llevaron el hirviente azufre a sus bocas diminutas, comiendo sin tregua hasta que otra masa de roca se derrumbó y apagó su fuego.

Y entonces, en el centro de la luz y del fuego y del ruido, apareció Razvani en persona, el gran Diablo del Fuego, el cuerpo una masa de llamas y la cara una máscara de abrasadora luz.

Millares de diablillos de fuego se dispersaron cuando se posó, y hasta las llamas se inclinaron ante él. Como hizo Lila.

Con una voz como el rugido de un incendio en el bosque, Razvani habló:

—¿Con qué derecho vienes tú a mi gruta?

Lila tragó con fuerza. Le costaba respirar porque, además de aire, sus pulmones parecían inspirar fuego.

—Quiero aprender el arte de la pirotecnia —acertó a decir.

Razvani soltó una risotada.

—¿Tú? ¡Ni lo sueñes! ¿Y qué quieres de mí?

—Azufre real —jadeó ella.

Al oírlo, el diablo se palmeó los costados y se rió con más fuerza todavía, mientras los diablillos prorrumpían en un coro de abucheos y risotadas.

—¿Azufre real? ¿Habéis oído? ¡Ésta sí que es buena! ¡Tiene gracia! Bien, dime, niña: ¿tienes los Tres Dones?

Lila se encogió de hombros y negó con la cabeza. Casi no podía hablar.

—No sé qué son.

—Entonces ¿qué pensabas dar a cambio del azufre? —bramó Razvani.

—¡No lo sé!

—¿No pensabas dar nada a cambio?

Lila no supo qué decir. Agachó la cabeza.

—Bien, has hecho un largo viaje hasta aquí y no hay vuelta atrás —dijo el Diablo del Fuego—. Ya que estás aquí, deberás andar sobre las llamas, como cualquier otro aspirante. Supongo que habrás traído agua mágica de mi prima la Diosa del Lago, ¿no? A mí no me has traído nada, pero imagino que no habrás olvidado mirar por ti misma. ¡Será mejor que te la bebas enseguida!

—¡No tengo nada! —exclamó Lila—. Yo no sabía lo del agua mágica ni lo de los Tres Dones; ¡yo sólo quería aprender el arte! ¡Y ser un buen pirotécnico, Razvani! ¡He inventado unos Dragones Crujientes que se encienden solos y unas Monedas Relucientes! ¡He aprendido todo lo que mi padre podía enseñarme! ¡Yo sólo pretendo ser un buen pirotécnico como él!

Razvani simplemente se rió.

—¡Mostradle los espectros! —gritó, y batió las palmas de sus ardientes manos.

Al momento, una grieta sinuosa se abrió en la pared de roca y por el resquicio apareció una procesión de espectros, escoltados por demonios de fuego. Los espectros estaban tan pálidos y transparentes que Lila apenas podía verlos, pero sí oía sus gemidos.

—¡Cuidado! ¡Fíjate en mí! ¡Yo vine sin los Tres Dones!

—¡Ay! ¡Haz caso de lo que te digo! ¡Yo no había trabajado lo suficiente y no estaba preparado!

—¡Vuelve a casa, muchacha! ¡Yo era arrogante y cabezota! ¡No fui a buscar el agua de la Diosa y perecí en las llamas!

Gimiendo y llorando, los espectros cruzaron el lago de fuego y se esfumaron por una grieta en la pared opuesta.

—¡Esto es lo que les pasa a los que no vienen preparados! —dijo Razvani—. Pero ahora tienes que someterte a la prueba, como hicieron ellos. ¡Camina por mis llamas, Lila! Has venido a buscar azufre real. Pues bien, ¡recíbelo de mis manos!

Y lanzando una horrible carcajada giró sobre sí mismo como en un baile, marcando con sus pies un amplio círculo hasta quedar rodeado de un anillo de fuego abrasador. Entre el rojo, el amarillo y el naranja de las llamas, su cara parecía desaparecer, pero su voz retumbó claramente sobre el crepitar del fuego:

—¿Quieres aprender el arte de la pirotecnia? ¡Camina por mis llamas! Tu padre lo hizo en su momento, lo mismo que todos los artistas del fuego. ¿A qué esperas? ¡Has venido aquí para esto!

Lila tenía mucho miedo, pero sabía lo que tenía que hacer; prefería ser un espectro que volver con las manos vacías y fracasar en la única cosa que siempre había deseado.

Dio un paso al frente, luego otro, y sus pobres pies se quemaron y ampollaron, y la hicieron gritar de dolor. Dio otro paso más, y cuando pensó que ya no podía soportarlo oyó un gran ruido a sus espaldas, como de una enorme trompeta. Y entre el crepitar de las llamas una voz le gritaba:

—¡Lila! ¡El agua! ¡Tómala enseguida!

Y junto a ella había un pequeño ser que le acercaba un objeto: ¡una calabaza! Una calabaza de beber con un broche de plata que Lila rompió para llevársela luego a los labios resecos y beber, beber, beber...

Fue instantáneo. Un maravilloso frescor le recorrió el cuerpo hasta las puntas de los pies. El dolor desapareció, y la garganta y los pulmones notaron una calmante humedad. Entonces vio algo en la entrada de la cueva; era Chulak, que se protegía la cara del calor, y a su lado Hamlet, abanicándole con las orejas.

Pero Lila estaba en mitad del fuego, enfrentada a Razvani, y las llamas ya no le hacían nada. Jugaban como fuentes de luz, se le enroscaban a las piernas, los brazos y la cara como pájaros veloces, y Lila se sentía ligera y alegre como si fuera también una llama que danzara de pura energía.

—¡Veo que lo has conseguido! —le dijo Razvani—. Bienvenida a las llamas, Lila.

—¿Y... el azufre real? —dijo ella.

—Cuando se llega al corazón del fuego, todas las ilusiones se desvanecen. ¿No te lo dijo tu padre?

—¿Qué ilusiones? ¡No te entiendo!

—¡El azufre real no existe, Lila!

—Entonces... ¿cómo voy a ser artista del

fuego? ¡Yo creía que para eso hacía falta el azufre real!

—Puras ilusiones, Lila. El fuego las consume todas. El propio mundo no es sino una ilusión. Lo único que dura es el cambio. No hay azufre real. Todo es una ilusión... ¡A excepción del fuego, todo es ilusión!

—¿Y los Tres Dones? ¡No lo entiendo! ¿Qué son los Tres Dones, Razvani?

—Sean lo que fueren, debes de habérmelos traído —dijo.

Y ésa fue la última cosa que Lila supo de Razvani, pues en ese instante desapareció, y el lago de fuego se oscureció y se volvió roca encarnada, y luego sólo roca y nada más, y la multitud de diablillos de fuego se convirtió en débiles chispas que flotaron sin rumbo durante un momento, y luego desaparecieron de golpe.

La gruta estaba otra vez vacía.

Lila se alejó de donde había estado el fuego. Estaba aturdida y decepcionada, serena y curiosa, contenta y perpleja, todo a la vez; en realidad, no sabía qué sentía ni quién era. Pero en cuanto vio a Chulak, corrió hacia él.

—¡Chulak! ¡Me has salvado la vida! Oh, veo que te has quemado. ¡Deja que te ayude!

Él negaba con la cabeza mientras le tiraba de la mano.

—No perdamos tiempo —le dijo—. Hemos de darnos prisa. Cuéntaselo de camino, Hamlet.

Salieron a toda prisa de la gruta. Estaba amaneciendo.

—Lo siento, Lila —dijo Hamlet—. He oído a los pájaros al pie de la montaña. Estaban diciendo «¡Mira! ¡Es el Elefante Blanco! ¡El que se ha escapado de la ciudad!». Le pregunté al pájaro qué era lo que sabía y él me dijo: «El fabricante de fuegos artificiales te ayudó a escapar de la ciudad. Alguien lo vio todo y se lo contó al rey, ¡y ahora Lalchand está arrestado y lo van a ejecutar!» Luego se fue volando a contárselo a los otros pájaros. Hemos de regresar cuanto antes, Lila. ¡No pierdas el tiempo buscando un culpable! Súbete a mí y agárrate fuerte.

Y así, sintiendo una oleada de miedo que la hizo olvidarse de Razvani, el azufre real y los Tres Dones, Lila se subió junto a Chulak al lomo del elefante y se agarró fuerte mientras Hamlet iniciaba el descenso en la pálida luz del alba.

6

Lila no supo muy bien cómo (sólo pararon para que Hamlet bebiera agua del río mientras ella y Chulak recogían unas frutas de los árboles de la orilla), pero tras horas de trotar y caminar sobre sus doloridos pies, llegaron a las afueras de la ciudad cuando el sol ya se ponía.

Como es lógico, Hamlet atrajo mucho la atención tan pronto fue visto, porque todo el mundo sabía que el Elefante Blanco había escapado. Pronto se vieron rodeados de una multitud de curiosos, todos querían tocar a Hamlet para que les diera suerte, y antes de llegar siquiera a las cercanías del palacio, ya no pudieron dar un paso más.

Lila casi lloraba de miedo e impaciencia.

—¿Han matado ya a mi padre? ¿Lalchand

vive todavía? —preguntaba, pero nadie sabía responderle.

—¡Apartaos! —gritaba Chulak—. ¡Dejad sitio ahí abajo! ¡Abrid paso!

Pero avanzaban a paso de tortuga. Chulak notaba que Hamlet estaba poniéndose furioso, y temía no poder dominarlo. No dejaba de acariciarle la trompa para calmarlo.

Entonces oyeron gritos y ruido de espadas más adelante. La muchedumbre se apartó al instante. El rumor había llegado a palacio y el rey había enviado a su Guardia Especial y Particular para que escoltara a Hamlet hasta los aposentos reales.

—¡Ya era hora! —le espetó Chulak al general que mandaba la escolta—. Venga, tenemos prisa. Despejad la calle y haceos a un lado.

Y así los tres, quemados, ampollados, polvorientos y exhaustos, fueron escoltados hasta palacio por aquella espléndida Guardia Personal, que se comportaba como si hubieran encontrado a Hamlet ellos solos. El corazón de Lila palpitaba como un pajarillo atrapado.

—¡Postraos! —ordenó el General Especial y Particular—. ¡Humillaos! ¡La cara pegada al suelo! Especialmente tú, mozalbete.

Se arrodillaron sobre las piedras del patio a la luz de las antorchas, y la Guardia Especial y Particular formó para presentar armas al rey.

Su majestad se situó delante de ellos. Lila le vio las sandalias doradas, y tanta era su ansiedad que levantó la cabeza y dijo angustiada:

—Por favor, majestad, mi padre... Lalchand... ¿no le habéis...?, ¿está vivo todavía?

El rey la miró muy serio y dijo:

—Mañana morirá. Sólo hay un castigo para lo que ha hecho.

—¡Os lo ruego! ¡Perdonadle la vida! ¡La culpa fue mía, no de mi padre! Me escapé sin decirle nada y...

—Basta —dijo el rey, y era tan temible que Lila no pudo sino callar.

El rey se dirigió a Chulak:

—¿Quién eres tú?

Chulak se levantó al punto, pero antes de que pudiera decir nada, un Guardia Especial y Particular le obligó a postrarse de nuevo.

—Soy Chulak, majestad —dijo—. ¿Puedo mirar? No es fácil hablar mientras te pisan el cuello.

El rey asintió y el guardia se echó atrás. Chulak se arrodilló al lado de Lila.

—Así es mejor —dijo—. Veréis, majestad, yo soy el «Mozo Especial y Particular del Elefante», por así decir. Se trata de un animal delicado, y si no se le cuida bien todo son problemas. En cuanto descubrí que se había escapado partí rápidamente en su busca, majestad. Crucé el río a nado, escalé montañas, tuve que atravesar la jungla, y...

De pronto Chulak se quedó sin respiración y su cuerpo volvió a quedar pegado al suelo. Una cosa blanda le había golpeado en la espalda, y Chulak supo que había sido la trompa del elefante. Hamlet no le había hecho nunca nada igual. Al volverse, vio que el elefante le miraba de una forma especial y particular, y Chulak comprendió lo que tenía que hacer.

Se puso de nuevo de rodillas y miró al rey.

—Majestad, el elefante acaba de hacer una petición. Él y yo tenemos esa extraña manera de comunicarnos. Está pidiendo una audiencia personal a solas con su majestad.

Hasta el mismo General Especial y Particular no pudo contener la risa ante la situación: ¡un animal pidiendo audiencia al rey! Pero cuando el monarca le miró con malos ojos, hizo ver que tenía tos en vez de risa.

—¿A solas? —le dijo el rey a Chulak.

—Sí, majestad.

—El Elefante Blanco es una bestia rara y portentosa —dijo el rey—. Por esa razón le concedo lo que pide. Pero si resulta que me estás tomando el pelo, no te quepa duda de que mañana tendrás muy pocos motivos para reír. General, lleva a estos dos afuera y déjame a solas con el elefante.

Los guardias sacaron a Lila y Chulak del patio y los llevaron a las cocinas, donde el aroma a carne asada y especias les recordó a ambos que hacía veinticuatro horas que no comían.

—No te preocupes —dijo Chulak—. Hamlet se lo explicará todo.

—¿Es que va a hablar con el rey? ¡Yo creía que lo de hablar era un gran secreto!

—Las circunstancias son especiales y particulares, Lila. ¡Oh, qué arroz! ¡Ah, qué salsa de ciruelas! ¡Oh, qué bien huelen las especias!

Y ni siquiera el miedo que sentía pudo impedir que a Lila se le hiciera la boca agua, tenía tanta hambre...

Esperaron. Los minutos pasaban y pasaban, y la pobre Lila estaba tan rígida y cansada que casi se durmió de pie, pese a lo preocupa-

da que estaba. Finalmente, notaron movimiento cerca de la puerta.

—¡Prisioneros! —ladró el General—. ¡Seguidme!

Dos filas de guardias marchando muy ufanos, con Lila y Chulak entre ellos, siguieron al general hasta el patio.

Tras las consabidas reverencias, el rey dijo:

—En lo que a ti respecta, Chulak, de momento no me pronuncio. Sé de buena tinta que nunca has querido hacer daño al elefante, pero no estoy seguro de que seas la persona idónea para cuidar de él. Estás despedido.

Chulak tragó saliva y miró a Hamlet.

El rey se volvió entonces a Lila.

—He estudiado tu caso con gran detenimiento —dijo—. Es realmente insólito, y ésta es mi decisión. Perdonaré la vida a Lalchand, el pirotécnico, pero sólo con una condición: la semana próxima, como saben todos los ciudadanos, celebramos la Feria del Año Nuevo, y he invitado a los mejores especialistas en fuegos artificiales de todo el mundo para que colaboren en una gran exhibición. Mi plan es el siguiente: la última noche de la Gran Fiesta habrá un certamen de fuegos artificiales. Cada uno de los artistas invitados hará una demostración, y Lalchand y Lila tomarán parte. El artista cuyos fuegos merezcan la ovación más larga recibirá como premio una copa de oro. Los otros participantes no sabrán nada más. Pero tú y Lalchand sabréis también otra cosa. Si ganáis, Lalchand tendrá el premio y quedará en libertad; pero si pierde, perderá también la vida. Ésta es mi decisión. Y no hay recurso posible. Tienes una semana para salvar la vida a tu padre, Lila. Guardias, escoltadlos y dejad a Lalchand al cuidado de su hija.

Y Lila, sin apenas tiempo para pensar, se encontró de pronto en una puerta lateral del palacio, donde un sirviente sostenía una antorcha mientras esperaba. No tuvo que esperar mucho; del otro lado de la puerta le llegó el ruido de una cadena al soltarse, y luego la puerta se abrió y allí estaba su padre.

Ninguno de los dos dijo palabra; se abrazaron con tanta fuerza que casi no podían respirar. Después, al comprobar lo hambrientos que estaban, fueron rápidamente a casa.

—Compraremos unas gambas en el puesto del callejón y las comeremos en el taller —dijo Lalchand.

—¿Te han dicho lo que ha decidido el rey?
—preguntó Lila.

—Sí. Pero no me preocupa. Tendremos que trabajar como nunca, Lila, pero podemos conseguirlo...

Y Lila se olvidó por completo del azufre real y de los Tres Dones. No había tiempo para eso. Entró en el taller con unos platos de arroz, gambas y verduras rehogadas, y se pusieron a comer mientras trabajaban.

—Padre —dijo Lila—. Tengo una idea. Suponiendo que...

Tomó un pedazo de carbón e hizo unos bocetos. Los ojos de Lalchand se iluminaron.

—¡De acuerdo! Pero empieza poco a poco. Ve perfeccionando la idea.

—Y volviendo del monte Merapi —dijo ella—, cuando nos detuvimos junto al río, vi unas enredaderas que se enroscaban las unas a las otras y se me ocurrió una manera de retardar las detonaciones, de forma que cada cohete explote a su tiempo.

—¡Imposible!

—No. Verás, te lo enseñaré...

Y pusieron manos a la obra.

7

Los pirotécnicos invitados a la feria llegaron al día siguiente, así como los demás artistas famosos: La Compañía de Ópera China de Exploradores y Guías, el señor Archibaldo Gómez y su Orquesta Mambo Filipino, la Banda de Cencerros de la Comedia Nacional Noruega, y muchos más. Todos ellos desembarcaron del buque *Indescriptible* con sus equipajes, instrumentos y trajes, y rápidamente se pusieron a ensayar.

El primero de los pirotécnicos famosos era el doctor Puffenflasch, de Heidelberg. Había inventado un cohete de fase múltiple que explotaba a una altitud de seiscientos metros y tomaba la forma de una gigantesca salchicha de Frankfurt, mientras un enorme instrumento inventado por él tocaba la *Cabalgata de las Valquirias*. Herr Puffenflasch se había esforzado en conseguir algo tan espectacular, si no más, para la Feria del Año Nuevo, y supervisaba escrupulosamente la descarga de su voluminoso material.

El segundo pirotécnico invitado era el Signor Scorcini, de Nápoles. Su familia se dedicaba a fabricar fuegos artificiales desde hacía generaciones, y su especialidad era el ruido. Para esta ocasión había inventado una representación a gran escala de una batalla naval, con los fuegos más ruidosos del mundo y el rey Neptuno emergiendo de las aguas para declarar la paz entre los contendientes.

El tercer y último pirotécnico era el coronel Sam Sparkington, de Chicago. Su exhibición se titulaba «El mayor espectáculo de fuegos artificiales de la galaxia», y el protagonista solía ser el propio coronel, montado a caballo y luciendo un sombrero de cowboy. Corría el rumor de que, esta vez, había inventado algo emocionante de verdad, incluyendo un número nunca visto en el arte de la pirotecnia.

Y mientras los tres artistas invitados preparaban su material, Lalchand y Lila trabajaban en sus propios cohetes. El tiempo les pasó volando. Casi no dormían, se lavaban poco, apenas comían. Mezclaron cubas enteras de serpientes doradas, encargaron una tonelada y media de flores de sal, inventaron algo tan nuevo que a ninguno de los dos se le ocurrió un nombre hasta que Lila dijo:

—¿Musgo... —y chascó los dedos.

—... espumoso? —dijo Lalchand.

—¡Exacto!

Lila enseñó a su padre el método de la espoleta de retardo, pero no funcionó hasta que él tuvo la idea de añadir un poco de alcohol de salitre, y entonces funcionó de maravilla. Podían lanzar casi cien cohetes a la vez, cosa que hasta entonces había sido imposible. Lalchand inventó después una espectacular traca final, pero se necesitaba algo todavía más imposible: prender una espoleta debajo del agua. Lila encontró la solución en la nafta cáustica; lo probaron y funcionó.

Y, de la noche a la mañana, llegó el día de la Feria.

—¿Dónde se habrá metido Chulak? —dijo distraídamente Lila, aunque en realidad pensaba en el musgo espumoso.

—Espero que estén cuidando bien a Hamlet —dijo Lalchand, pero en realidad pensaba en la nafta cáustica.

Ninguno de los dos decía nada sobre la decisión del rey, pero no se lo podían quitar de la cabeza.

Después de dormir un poco y desayunar a toda prisa, cargaron la carreta del vendedor de gambas fritas (él se la había prestado porque se tomaba el día libre) y la empujaron por las calles de la ciudad hasta el Parque Real, donde iba a tener lugar el certamen pirotécnico. Detrás iba el estampador de *batik* con otra carreta, y detrás de éste el tallador de madera de sándalo que tenía taller en la misma calle, con una tercera carreta, todas cargadas de fuegos artificiales.

Pero, al llegar al lago, Lila y Lalchand sintieron que el mundo se les caía encima.

Allí estaba el doctor Puffenflasch supervisando la última fase de la organización de unas quince toneladas de material, todo ello envuelto en una espléndida lona y atendido por una docena de técnicos en bata blanca, provistos de blocs de notas y estetoscopios.

Y a su lado estaba el Signor Scorcini, subi-

do a una maqueta de galeón más larga aún que la Barcaza Real y erizada de cañones y Luces de Bengala, con la tripulación napolitana que discutía y gesticulaba en su dialecto mientras sumergían en el agua una enorme reproducción del rey Neptuno, con barba y todo.

Y al lado, el coronel Sparkington estaba ensayando su actuación. Había un gigantesco cohete rojo, blanco y azul, con una silla de montar encima; y sobre un andamiaje más alto que los árboles cercanos había una maqueta de la luna, con docenas de cráteres que estaban siendo cargados de cosas rarísimas.

Era demasiado. Lalchand y su hija contemplaron aquellos enormes despliegues, luego miraron sus tres humildes carretas y el alma se les cayó a los pies.

—No importa —dijo Lalchand—. Nuestro espectáculo es muy bueno, hija mía. ¡Piensa en el musgo espumoso! Ellos no tienen nada igual.

—O el detonador submarino —dijo Lila—. Mira, tendrán que encender el dios de los mares a mano. ¡Nosotros tenemos algo mejor, padre!

—Por supuesto. Pongamos manos a la obra...

Descargaron su material, y el estampador de *batik* y el tallador de madera se llevaron las carretas, con la promesa de que tendrían entradas gratis para el espectáculo.

El día transcurrió deprisa. Todos los pirotécnicos sentían curiosidad por los hallazgos de sus rivales y trataban de fisgar con la excusa de pedir un puñado de pólvora roja o unas tiras de mecha lenta. Fueron a ver los preparativos de Lila y Lalchand y se mostraron muy corteses, pero estaba claro que pensaban que no era gran cosa.

Y todos se morían de ganas de husmear bajo la lona del doctor Puffenflasch, pero éste la mantenía bien atada.

A las siete en punto, el sol se puso, y diez minutos después era de noche. La gente empezaba a llegar, con alfombras para sentarse y cestas de merienda, y del palacio empezaron a sonar campanas, gongs y platillos. Todos los pirotécnicos estaban muy atareados, dando los últimos toques a sus exhibiciones, y se desearon suerte unos a otros.

Hubo un redoble de tambores y las puertas de palacio se abrieron de par en par. A la luz de cien antorchas, una gran procesión fue abriéndose paso hasta la tribuna junto al lago. El rey iba en un palanquín dorado, y las bailarinas reales se movían con elegancia a su alrededor. Detrás, engalanado con joyas de todos los colores, y con los colmillos y las uñas pintadas de escarlata, iba Hamlet, el Elefante Blanco.

—¡Oh, fíjate en el pobre Hamlet! —dijo Lila—. Parece muy triste. Estoy segura de que ha perdido peso.

—Eso es porque echa de menos a Chulak —dijo Lalchand.

Hamlet se quedó parado y compungido junto a la tribuna mientras el rey declaraba abierto el certamen.

—¡El ganador recibirá una copa de oro y mil monedas de oro! —proclamó—. El aplauso del público decidirá quién es el ganador. Que el primer concursante empiece su exhibición.

Los pirotécnicos habían echado a suertes el orden de actuación, y el doctor Puffenflasch era el primero. Naturalmente, el público no tenía la menor idea de lo que les esperaba, y cuando los poderosos cohetes se elevaron hacia el cielo estrellado y el enorme *Bombardenorgelmitsparkenpumpe* empezó a tocar la *Cabalgata de las Valquirias*, arrojando grandes cantidades de lava teutónica, todos prorrumpieron en oohs y aahs de admiración. Luego vino el número fuerte del espectáculo. De la oscuridad de la noche surgió un tributo al plato favorito del rey: una gigantesca gamba rosa, chisporroteante, que empezó a girar sobre sí misma cada vez más rápido hasta que se convirtió en una lluvia de chispas color salmón, acompañada de un sonoro acorde del *Bombardenorgelmitsparkenpumpe*.

La ovación fue colosal.

—Ha estado bien —dijo Lila, nerviosa—. La gamba era grande, grande de verdad. Y rosa.

—Demasiado elemental, ¿no crees? —dijo Lalchand—. Bueno. El rosa era bonito, eso sí. Habrá que pedirle la receta.

El siguiente era el Signor Scorcini y sus técnicos napolitanos. Cohetes rojos, verdes y blancos salieron zumbando hacia lo alto para explotar con enormes detonaciones que resonaron por toda la ciudad, y luego el galeón se iluminó con girándulas y cohetes chisperos, y un conjunto de galeotes hechos de Velas Romanas empezó a mover rígidamente los remos. De súbito, un pulpo gigante surgió del agua agitando sus horribles tentáculos verdes y atacó el barco. Los marineros dispararon toda clase de petardos y árboles de fuego, y luego le lanzaron cascadas incandescentes desde unos barriles atados a los mástiles. El ruido era indescriptible. Justo cuando parecía que el barco estaba a punto de zozobrar, apareció el rey Neptuno blandiendo su tridente, acompañado de tres sirenas. La orquesta empezó a tocar y las sirenas entonaron una alegre melodía, el pulpo gigante movió sus tentáculos al compás y más cohetes salieron disparados al ritmo de la música.

El público quedó extasiado y rugió de placer.

—Dios mío —dijo Lalchand—. Ha sido increíble. Ay, ay, ay...

—¿No has visto cómo han tenido que encender el dios del mar? —dijo Lila—. Han esperado a que hubiera salido del agua y un enano le ha prendido fuego desde una barca.

¡Espera a que vean nuestra mecha submarina!

Cuando los aplausos cesaron, el coronel Sparkington inició su exhibición. Primero un montón de fuegos en forma de platillos surgió de la oscuridad y aterrizó en la hierba. Eso mereció ya un gran aplauso, porque normalmente los fuegos artificiales iban hacia arriba, no hacia abajo. Luego apareció la famosa luna sobre las copas de los árboles, y el coronel Sparkington irrumpió a galope sobre un caballo blanco hecho de girándulas diminutas, saludando al público con su sombrero de cowboy, y la gente estaba de tan buen humor que no paraba de lanzar vítores.

Lila se fijó en un funcionario que estaba al lado del rey e iba contando los segundos que duraba cada ovación. Tragó saliva.

Llegó el clímax de la actuación del coronel Sparkington. Después de pisotear los platillos volantes con su caballo de Girándulas, el galante coronel montó a bordo del cohete rojo, blanco y azul. Un jefe cherokee llegó galopando sobre un poni y disparó una flecha encendida a la cola del cohete, que prendió al instante y salió disparado hacia la luna sujeto a un cable, con el coronel agitando el sombrero todo el tiempo.

En cuanto alunizó, se abrieron una docena de cráteres y aparecieron unos selenitas menudos de cara redonda, ojos grandes y orejas puntiagudas.

El público se volvió loco. Los selenitas ondearon banderas de todos los países y saludaron al rey, el coronel Sparkington repartió cohetes entre todos, y éstos salieron disparados en todas direcciones al son de una canción titulada *Sparkington For Ever*. Los aplausos, los vítores y los silbidos podían oírse varios kilómetros a la redonda.

Lila y Lalchand se miraron. No había nada que decir. Pero luego se abrazaron muy fuerte y corrieron a sus puestos, y tan pronto el público se hubo calmado otra vez, empezaron su exhibición.

Lo primero que ocurrió fue que unas flores de loto hechas de fuego blanco brotaron de repente en el agua sin que se pudiera adivinar de dónde había salido el fuego. El público quedó en silencio y, cuando las flores empezaron a surcar el oscuro lago como barquitos de papel, la gente se quedó sin habla.

Luego, una bonita luz verde empezó a brillar bajo el agua y fue subiendo lentamente hasta convertirse en una fuente de fuego verde. Pero no parecía fuego: era como agua, y salpicaba y bailoteaba como un auténtico manantial.

Y mientras la fuente jugueteaba en el lago, bajo los árboles sucedía una cosa muy diferente. Una alfombra de musgo viviente parecía haberse desplegado sobre la hierba, un millón de puntitos de luz tan juntos entre sí que parecían de terciopelo. Una especie de «aaah» se oyó entre el público.

Entonces vino lo más difícil. Lila había diseñado una serie de fuegos basada en lo que había visto en la gruta del Diablo del Fuego, pero todo dependía de que funcionaran bien las espoletas de retardo, y por supuesto, no habían tenido tiempo de comprobarlo. Si algunos cohetes estallaban un segundo antes o un segundo después de lo previsto, el número no tendría ningún sentido.

Pero ya no quedaba tiempo para preocuparse. Con mano experta, Lila y Lalchand prendieron fuego al extremo de las mechas principales y contuvieron la respiración.

Primero hubo una serie de explosiones sordas, como el toque de un tambor amortiguado. Todo estaba oscuro. Entonces una luz roja empezó a descender, dejando en el aire una estela de chispas rojas, como una grieta que se abriera en la noche. El solemne redoble de tambor fue ganando volumen mientras la gente observaba muy quieta, aguantando la respiración, porque la sensación de que «algo» iba a pasar era irresistible.

Y así fue. De la grieta roja surgió una enorme cascada de lava roja, naranja y amarilla que pareció extenderse como la alfombra de fuego lo había hecho en la gruta. Lila no pudo resistir la tentación de ver qué cara ponían Puffenflash, Scorcini y Sparkington, y comprobó que los tres miraban boquiabiertos como niños.

Cuando la alfombra de lava hubo avanzado hasta casi el borde del lago, los redobles aumentaron de ritmo y el aire se rasgó con fuertes explosiones. Y de pronto, como había ocurrido en la gruta, pareció que el mismísimo Razvani estaba allí, girando y pateando y riendo de júbilo en mitad del fuego eterno.

Lalchand y Lila se olvidaron de todo lo demás, se tomaron de las manos y bailaron también. ¡Nunca antes habían hecho una exhibición igual! Fuera cual fuese el resultado, merecía la pena, ¡todo merecía la pena por vivir un momento como aquél! Rieron y bailaron de pura felicidad.

Pero su fuego no era eterno, por supuesto, y el gran demonio rojo de fuego artificial se fue extinguiendo, la lava se consumió finalmente y los barquitos de loto blanco, esparcidos sobre el lago como las estrellas en el cielo, brillaron con más intensidad que nunca y un instante después se extinguieron todos a la vez.

Se produjo un largo silencio. Y tan largo fue, que Lila no pudo soportarlo más y se aferró a la mano de Lalchand hasta hacerla crujir.

Y cuando ya pensaba que era el fin, que Lalchand estaba condenado a muerte, que de nada habían servido sus esfuerzos, oyó la potente voz del coronel Sparkington:

—*Yeee-haa!* —gritó, sacudiendo su sombrero. Y...

—*Bravissimo!* —exclamó el Signor Scorcini, batiendo palmas. Y...

—*Hoch! Hoch! Hoch!* —tronó el doctor Puffenflasch, agarrando los platillos para expresar más ruidosamente su admiración.

El público, que no quería ser menos, se

sumó con gritos y pataleos y aplausos y palmetazos en las respectivas espaldas y silbidos y bramidos, de tal modo que cuatrocientas treinta y ocho palomas que dormían en un árbol a quince kilómetros de allí despertaron diciendo: «¿Habéis oído eso?»

Naturalmente, el funcionario que medía la duración de los aplausos tuvo que dejarlo correr. Era evidente que Lalchand y Lila habían ganado el certamen, de modo que subieron al estrado real, donde el monarca los esperaba para entregar el premio.

—Mantengo mi palabra —dijo el rey—. Lalchand, eres libre. Aceptad este premio, tú y tu hija, ¡y disfrutad de la Feria!

Medio aturdidos por los acontecimientos, Lila y Lalchand regresaron a la oscuridad de la zona de lanzamiento de los fuegos artificiales. Y si fue él o si fue ella quien iba a decir algo, no lo supieron porque la noche se llenó con el sonido de una potente trompeta.

—¡Es Hamlet! —dijo Lila—. ¡Mira! ¡Parece muy agitado!

Entonces vieron lo que el elefante había visto, y Lila batió palmas de contento. Una figura menuda se acercó por la hierba hasta situarse frente al estrado real e hizo una elegante reverencia. Era Chulak.

—¡Majestad! —dijo, y todo el mundo prestó oídos a lo que tenía que decir—. En honor de vuestra gran sabiduría y generosidad para con todos vuestros súbditos, y para festejar vuestros muchos años de gloria en este trono y esperando que vengan otros muchos años igual de gloriosos, y como tributo a vuestra inigualable valentía y dignidad, y en reconocimiento...

—Se está poniendo pesado —dijo Lalchand—. Veo que el rey mueve el pie. Eso es mala señal.

—... Pues bien, majestad —concluyó Chulak—. Tengo el honor de presentaros a uno de los mejores grupos musicales del mundo, que a continuación interpretarán una selección de números vocales. Majestad, personalidades, damas y caballeros: ¡los Rambashi Melody Boys!

—¡No me lo puedo creer! —exclamó Lila.

Pero era verdad. Allí estaban los ex piratas de Rambashi vestidos con casacas encarnadas y *sarongs* de cuadros escoceses. Rambashi en persona, radiante de felicidad, hizo una gran

reverencia y se dispuso a dirigirlos. Pero antes de que pudiera empezar, se produjo una interrupción.

Una bailarina que había acompañado el desfile real desde el palacio chilló de repente: «¡Chang!»

Y uno de los Melody Boys levantó el brazo y gritó: «¡Flor de Loto!»

—¿Qué ha dicho? —preguntó Lalchand—. ¿Flor de Lobo?

Los dos jóvenes corrieron el uno hacia el otro con los brazos abiertos, pero, al darse cuenta de que todo el mundo los miraba, se detuvieron.

—Adelante —dijo el rey—. Más os vale.

Y se besaron tímidamente, mientras la gente los vitoreaba.

—Y ahora quisiera una explicación —dijo el rey.

—Yo era carpintero, majestad —le dijo Chang—, y pensé que debía buscar fortuna antes de pedir la mano de Flor de Loto. Así que me fui y la busqué, y por eso estoy ahora aquí, majestad.

—Entonces, será mejor que empecéis a cantar —dijo el rey.

Y Chang volvió corriendo con sus compañeros. Rambashi les dio la entrada, y los chicos empezaron a cantar una canción titulada *A orillas del Irawady*.

—Lo hacen muy bien —dijo Lalchand—, ¿verdad?

—¡Qué sorpresa! —dijo Lila—. ¡Después de lo que les ha costado encontrar un oficio! ¿Quién lo habría imaginado?

El rey fue el primero en aplaudir al término de la interpretación. Mientras Rambashi anunciaba la siguiente canción, Lila fue a hablar con Chulak y lo encontró acariciando la trompa de Hamlet. El elefante parecía muy feliz, pero lógicamente no podía expresarlo habiendo tanta gente cerca.

—¿Te has enterado? —le dijo Chulak—. ¡Hamlet se va a casar! Ah, buen trabajo, por cierto. Hemos oído el alboroto al terminar vuestro espectáculo. Estaba seguro de que lo conseguirías. ¡Y yo he recuperado mi empleo!

Hamlet le acarició la cabeza con suavidad.

—¿Frangipani ha dicho que sí? —preguntó Lila—. ¡Enhorabuena, Hamlet! Me alegro mucho. ¿Qué le hizo cambiar de opinión?

—¡Yo! —dijo Chulak—. Fui a contarle sus hazañas en el monte Merapi, y Frangipani quedó prendada. De hecho me dijo que siempre le había amado, pero que no quería decírselo. ¿Qué te ha parecido el tío Rambashi?, ¿genial, no?

El público seguía aplaudiendo a rabiar mientras Rambashi anunciaba la siguiente canción. Cuando los Melody Boys empezaron a interpretar y a moverse con *Guárdame el último mango*, Lila volvió junto a Lalchand, que estaba conversando animadamente con los otros tres artistas pirotécnicos. Todos se levantaron educadamente al verla y le pidieron que se sentara con ellos.

—Estaba felicitando a su papá por tan magnífica exhibición —dijo el coronel Sparkington—. Y la mitad del mérito le corresponde a usted, señorita. Ese truco de los barquitos que se apagan a la vez... es el no va más. ¿Cómo lo han hecho?

Y Lila les explicó el método de las espoletas de retardo, porque entre verdaderos artistas no hay secretos. Y el doctor Puffenflash les contó el arte del fuego rosa, y el Signor Scorcini explicó cómo hacía moverse las patas del pulpo, y estuvieron hablando horas y horas y todos se cayeron muy bien.

Y ya muy tarde, cuando estaban cansadísimos, y hasta Rambashi y sus Melody Boys habían agotado todo su repertorio, Lila y Lalchand se quedaron solos en el gran jardín, bajo las cálidas estrellas; Lalchand carraspeó un poco y puso cara de apuro.

—Lila. Hija mía —dijo—. He de pedirte disculpas.

—¿Por qué?

—Verás, debería haber confiado en ti. Te crié como la hija de un pirotécnico, debí esperar que tú también quisieras aprender este arte. Después de todo, tienes los Tres Dones.

—¡Ah, sí! ¡Los Tres Dones! Razvani me preguntó si los tenía y yo no supe qué decir, pero luego dijo que seguramente los había llevado conmigo. Y con las prisas de volver a la ciudad y preparar la exhibición, y pensar en si al final podríamos salvarte la vida, me olvidé por completo. Todavía no sé qué son los Tres Dones.

—Dime, querida hija, ¿viste los espectros? —dijo Lalchand.

—Sí. No habían traído los Dones y fracasaron... Pero ¿qué son esos Dones?

—Son lo que todo artista pirotécnico necesita. Los tres son igual de importantes, y dos de ellos no sirven de nada sin el tercero. El primero es el talento, y tú lo tienes, no hay duda. El segundo puede llamarse de varias maneras: valentía, determinación, fuerza de voluntad... Es lo que te hizo escalar la montaña cuando parecía no haber esperanza.

Lila guardó silencio un instante.

—¿Y el tercero? —preguntó por fin.

—La suerte —dijo él—. Eso es lo que te hizo tener unos amigos como Chulak y Hamlet, y lo que los hizo llegar a tiempo. Ésos son los Tres Dones, y tú se los llevaste a Razvani y se los ofreciste como debe hacer todo artista de la pirotecnia. A cambio, él te entregó el azufre real.

—¡Pero si no me dio nada!

—Claro que sí.

—¡Dijo que era una ilusión!

—Sin duda lo es, a ojos de Razvani. Pero los humanos lo llaman sabiduría. Eso sólo se puede alcanzar mediante el sufrimiento y el riesgo, como en tu viaje al monte Merapi.

Para eso sirve el viaje. Todos nuestros amigos pirotécnicos han hecho un viaje similar, cada cual en su país, y lo mismo Rambashi. Ya ves, no volviste de la montaña con las manos vacías, Lila. Volviste con el azufre real.

Lila pensó en Hamlet y Frangipani, novios y felices. Pensó en Chulak, otra vez en su antiguo empleo, y en Chang y Flor de Loto, de nuevo juntos. Pensó en Rambashi y sus Melody Boys, que dormían a pierna suelta en el Hotel Intercontinental, soñando en la triunfal carrera que les esperaba en el mundo del espectáculo. Pensó en los otros artistas pirotécnicos y en cómo la habían acogido como un artista más.

Y entonces comprendió lo que había aprendido. Vio de repente que el doctor Puffenflash amaba su fuego rosa, que el Signor Scorcini amaba su pulpo, y el coronel Sparkington a sus graciosos selenitas. Para hacer buenos fuegos artificiales tenías que amarlos, aun al más humilde petardo. ¡Ahí estaba la clave! Además de habilidad y destreza, había que poner amor.

(Y el fuego rosa del doctor Puffenflasch era realmente precioso. Si lo combinaban con jugo de brillo y un poco de esa pólvora especial con lo que aún no sabían qué hacer, quizá podrían...)

Se rió en alto y le dijo a Lalchand:

—¡Ahora lo entiendo!

Y así fue como Lila se convirtió en una artista pirotécnica.

La Escritura Depatada